o labatruz
e outras desventuras

o labatruz e outras desventuras

JUDITH NOGUEIRA

1ª edição

QUATRO CANTOS

Grafia conforme o Acordo Ortográfico da Língua Portuguesa

CAPA E CAPITULARES
Rosana Martinelli

PREPARAÇÃO
Renato Potenza Rodrigues

REVISÃO
Vivian Miwa Matsushita

Dados Internacionais de Catalogação na Publicação (CIP)
(Câmara Brasileira do Livro, SP, Brasil)

Nogueira, Judith
O labatruz e outras desventuras / Judith Nogueira. – 1ª ed. – São Paulo: Quatro Cantos, 2015.

ISBN 978-85-65850-18-6

1. Literatura juvenil. I. Título.

14-04683 CDD-028.5

Índice para catálogo sistemático:
1. Contos : Literatura juvenil 028.5

RODRIGUES & RODRIGUES EDITORA LTDA. – EPP
Rua Irmã Pia, 422 – Cj. 102
05335-050
São Paulo – SP
Tel (11) 2679-3157
Fax (11) 2679-2042
www.editoraquatrocantos.com.br

para Toninho, Neto e Marcelo

o labatruz

Quando se tiver notícia desta história, eu não existirei mais. Fui o último da minha espécie, não tive a companhia de algum semelhante, não deixei descendentes nem vestígios, não realizei nada de extraordinário ou importante para que meu nome seja lembrado. Apenas relato minha vida, pois é tudo o que eu posso deixar para o mundo.

Não sei qual será a serventia desta história para

os que a conhecerão. Quem sabe haverá alguém neste mundo em condições semelhantes às minhas, em lugar distante, em outra época? Talvez ao conhecer minha história este outro ser que está só, em algum outro lugar, tenha conforto ao saber que não é o único que passa por isso. Mas eu penso que a conto para mim mesmo, para que depois da morte eu possa dialogar com alguém, o que pouco consegui fazer em vida. Acho que este relato é uma maneira de não morrer totalmente, de deixar a lembrança de que a minha espécie existiu um dia, e as palavras nos dão uma confortável sensação de imortalidade, quando pensamos que elas sobreviverão a nós.

De qualquer modo, preste atenção à minha história e eu agradecerei, em nome de todos os seres da minha espécie que já existiram.

Como é de costume, não me lembro do meu nascimento. A lembrança mais antiga que tenho é a dos meus pais, que morreram quando eu ainda era muito pequeno. Fui criado por uma loba, que contou que meus pais foram devorados por um animal maior, mas ela não sabia exatamente qual. Graças a ela fui amamentado e sobrevivi para chegar à idade adulta.

Minha infância não foi exatamente triste: eu tinha a companhia dos meus irmãos adotivos, os lobinhos, para brincar e, de certa forma, eu pertencia a um grupo maior – a alcateia.

Entretanto, em pouco tempo comecei a perceber que eu era diferente dos outros. O formato do meu corpo não era igual ao dos lobos, minha cor e meus pelos eram muito diferentes. Quando eu tentava uivar como eles, apenas conseguia emitir um som estranho, que, além de assustar a mim mesmo, chamava muita atenção; por causa disso, logo decidi parar de tentar, para evitar constrangimentos, e em pouco tempo percebi que já não estava emitindo mais qualquer tipo de som, para não evidenciar minha diferença. A alcateia tinha para comigo uma grande condescendência e, ouso dizer, até um grande carinho. Nunca senti que fosse segregado por eles por ser diferente. Mas apesar de ser aceito, isso não me tornou um igual.

Tive gratidão, mas continuei me sentindo diferente. Algo em mim gritava o tempo todo que não era inteiramente parte daquilo, daquele grupo. Essa era uma sensação muito cruel, pois percebia que todos aqueles iguais queriam ser aceitos pelos outros, ter companhia, ser amados para não se sentirem isolados. Quando conseguia estar próximo de alguém, percebia que a solidão continuava, pois era, na verdade, uma relação comigo mesmo; minha solidão não era a falta de estar com os outros e não necessariamente o fato de haver ou não outros indivíduos ao meu lado, minha solidão era a consciência da minha diferença.

Depois de um tempo comecei a sentir uma necessidade desesperada de saber que tipo de bicho eu era, a qual espécie pertencia, de onde viera, se havia mais alguém igual a mim em algum lugar e, acima de tudo, qual era a minha função, quais eram as atividades próprias da minha espécie, já que eu sabia que não deveriam ser exatamente iguais às dos lobos. Acho que algum instinto que sobreviveu dentro de mim me dava essa certeza, pois até então convivera apenas com lobos e fizera tudo o que eles faziam, brincava, caçava, comia, dormia, corria, mas algo muito forte em mim me dizia que se existiam bichos diferentes era porque para cada um havia sido destinada uma tarefa especial, característica da espécie, e eu ansiava por saber qual era a minha.

Perguntei aos lobos e lobas mais velhos da alcateia se eles conheceram alguém parecido comigo, mas foi em vão. Todos desconheciam a existência de um bicho como eu. Ficaram surpresos quando me encontraram, mas não se assustaram, pois eu era apenas um recém-nascido, com frio e faminto, que não poderia fazer mal a ninguém, pelo menos naquele momento.

Tentaram me alimentar com leite e eu aceitei, portanto, perceberam que eu tinha algo em comum com eles e resolveram me acolher e criar junto com os lobinhos.

Alguns lobos conheciam histórias de várias feras, tigres, rinocerontes, dragões, monstros, mas nenhuma história a respeito de alguém como eu.

Quando atingi a idade adulta, senti o desejo e a vontade de ter uma parceira, de ter filhotes. Eu não me sentia muito atraído pelas lobas, mas, mesmo assim, tentei uma aproximação. Observei o costume dos outros machos jovens e tentei fazer os mesmos movimentos, imitei a expressão facial e tentei emitir os mesmos sons, o que, é claro, ficou ridículo. As fêmeas riam e se afastavam, deixando claro que eu não poderia competir com os lobos jovens, simplesmente porque eu não era um lobo.

Na infância a diferença era menos dolorosa, porque os adultos que me criaram também me protegeram. Tinha irmãos ou amigos da mesma idade, apesar das brigas naturais dessa fase. Porém, conforme fui amadurecendo, o isolamento foi uma das coisas mais cruéis e difíceis pelas quais tive de passar. Pode ser que todas as espécies passem, umas mais e outras menos, cada qual à sua maneira.

Tinha certeza de que todo mundo era diferente mesmo parecendo quase igual por fora. Cada um era diferente ao seu modo, mas também todos deveriam ter alguma coisa igual a todos os outros, nem que fosse uma coisinha bem pequena. O fato é que ser igual a alguém apenas em uma coisinha pequena não trazia conforto. Sentia a diferença me afastar dos outros por não me sentir compreendido, apesar de acreditar que os compreendia.

Isso tudo não impediu que sentisse amor. Aprendi cedo com os lobos que podia amar quem não compreendia e que, para amar, não era necessário concordar com o outro. Só bem mais tarde aprendi outro detalhe a respeito do amor: para encontrar uma fêmea a coisa toda se complicava e todas essas regras pareciam não valer mais nada.

Quando estava para me tornar adulto, parece que tudo o que me haviam ensinado até então não servia para coisa alguma. Tentei fazer as coisas exatamente do jeito que aprendi e o resultado foi catastrófico. Será que o mundo mudava tanto e tão rápido que eu não acompanhava as mudanças?

Sabia que todos eram diferentes, mas alguns mais, como eu, por exemplo. Fisicamente não me parecia com nenhum outro. Causava estranheza em todos os lugares por onde passava. Muitos ficavam com medo por causa da minha aparência incomum e não se aproximavam. Chegavam a ser agressivos comigo, porque o diferente pode ser assustador. Depois que me conheciam melhor, muitos aceitavam meu convívio, porém não encontrava uma parceira.

Esse era um dos dramas de se tornar adulto: tinha que conviver com os outros, fora da minha família de origem. Tinha que criar minhas relações com base nas afinidades. Tinha que pertencer a um grupo por meus próprios méritos e não mais bastava pertencer ao grupo familiar. Queria amar alguém que quisesse permanecer ao meu lado, que me desse a sensação de que fosse o único igual a mim nesse mundo, ainda que não totalmente. Queria ter filhotes para perpetuar minha espécie. Assim caminhava a vida e o mundo.

Mas seria eu o último da minha espécie? Não haveria mais ninguém como eu? Como iria encontrar uma companheira, como pertenceria a um grupo, se era tão diferente de tudo? Não poderia me reproduzir? Minha espécie terminaria junto comigo?

A solidão me desesperava e as perguntas me afligiam. Não adiantava procurar um sábio para tentar obter respostas, pois ninguém sabia nada sobre mim, sobre meu passado e muito menos sobre meu futuro. Não havia quem tivesse visto ou ouvido falar da existência de alguém ou algo sequer parecido comigo.

Quando minha solidão e sensação de isolamento chegaram ao extremo, percebi que não tinha mais nada a perder. Não sabia para que finalidade eu existia, qual era o objetivo da minha vida, quem eu era, de onde e de quem viera.

Ali onde estava não encontrei respostas, e fui acalentando a ideia de sair, de conhecer outros lugares, de procurar. Eu não sabia exatamente o que procuraria, apenas sentia um impulso para fazê-lo, para buscar algo que não encontrara até então, para procurar semelhantes que poderiam estar vivendo em algum lugar distante.

Quando minha tristeza se tornou insuportável, decidi partir. Não havia muita escolha: estava triste por partir e ficaria triste se permanecesse ali. Despedi-me de todos da alcateia, com muita gratidão pelo que fizeram por mim. Eles também ficaram tristes, mas compreenderam e apoiaram minha decisão. Os lobos são muito sábios!

Foi assim que comecei a vagar pelo mundo, procurando outro labatruz. Foi esse o nome que me dei. Labatruz. O verdadeiro talvez ninguém soubesse. Eu precisava de um nome para me apresentar aos outros que encontrasse pelo caminho. Não poderia me apresentar como lobo.

Meu primeiro encontro durante essa longa jornada foi com uma hiena e seu bando. Eu já conhecia histórias de hienas que me foram contadas pelos lobos. Elas são muito desconfiadas e apenas me cheiraram, depois ficaram me olhando. Eu tomei a iniciativa do diálogo:

– Muito prazer, sou um labatruz.

– O que é um labatruz? – perguntou a hiena.

– Um labatruz? Sou eu... é isso aqui que vocês estão vendo.

– De onde você vem?

– Eu vivia com os lobos.

– Por quê?

– Porque meus pais foram mortos quando eu nasci e não conheço ninguém da minha espécie. Os lobos me criaram. Por acaso vocês já viram alguém parecido comigo?

– Nunca.

– Vocês conhecem algum lugar onde eu possa procurar alguém como eu? Já ouviram alguma história sobre a existência de bichos diferentes em algum lugar?

– Não. – As hienas estavam impacientes e parecia que não desejavam prolongar a conversa. – Por que nós iríamos ajudá-lo? Estamos em grupo e você está só. O que nos impede de matá-lo e fazer de você nossa próxima refeição?

Não sei se fui tomado por uma súbita coragem e presença de espírito ou se minha tristeza era tanta que eu já não me importava se morresse, o fato é que não me amedrontei e argumentei com a hiena-chefe:

– Se vocês não me conhecem, como podem saber se sou comestível? Vocês já sentiram meu cheiro alguma vez?

– Não.

– Pois bem, matem-me! Escolham alguém para

comer primeiro minha carne e aguardem um dia inteiro para que os outros também comam. Se ele morrer nesse intervalo, vocês saberão que eu era venenoso. Quem vai ser o primeiro?

As hienas se entreolharam desconfiadas. Ninguém queria ser o primeiro a comer labatruz e se arriscar ao envenenamento. Na selva, o instinto de preservação é primordial.

Depois de uma rápida conversa as hienas resolveram me deixar ir embora:

– Vá, bicho esquisito! Duvido que exista alguém tão estranho quanto você. E não volte mais aqui!

E fui, orgulhoso da minha inteligência e triste pelo encontro frustrado.

Depois disso me lembro de ter andado muito, mas não sei ao certo por quanto tempo, só sei que passei dias e mais dias sem encontrar ninguém pela frente, ninguém igual ou diferente de mim, nenhum bicho conhecido ou desconhecido. Durante muito tempo não emiti qualquer som nem escutei nada que viesse de outro ser vivo. No meu caminho encontrei algumas poucas plantas, mas elas são muito silenciosas e não conversam. Não havia nada que eu pudesse dizer que elas já não soubessem há séculos. Tinha certeza de que uma dessas árvores velhas já tivera contato com algum labatruz, mas elas nunca me contariam nada. Eu não tive raiva delas; as plantas não são más, apenas têm seu próprio jeito de viver, têm suas próprias leis.

Alguns frutos, arbustos e folhas serviram para me alimentar durante a viagem e eu comecei a compreender a dimensão da sabedoria das plantas em se manter em silêncio: se elas tivessem conversado comigo e me servido de companhia eu jamais teria coragem de comê-las e teria morrido de fome. Talvez exista sabedoria nessa generosidade.

Assim, continuei a caminhar em silêncio. Ninguém para me ouvir e ninguém para ser ouvido. Minha sensação de solidão aumentava a cada dia e eu comecei a me arrepender de tudo o que fizera, de ter abandonado a alcateia, de ter saído assim sozinho pelo mundo numa viagem arriscada, de não saber para onde iria, nem se conseguiria alcançar meu objetivo de encontrar um ser como eu, outro labatruz.

Tudo começou a parecer uma loucura, uma idiotice, um absurdo. Antes eu sentia solidão, mas estava cercado de lobos que gostavam de mim. Eu era diferente deles, mas, ainda assim, pertencia a um grupo, era melhor do que não fazer parte de nada.

Naquela altura, além da solidão se tornar cada dia maior, eu também estava sentindo muito medo. Na alcateia pelo menos eu estava protegido, pois os lobos são bastante confiáveis e sabem muito bem se defender, principalmente quando em grupos grandes, como era o nosso.

Mas eu estava absolutamente sozinho. Fisicamente isolado de qualquer outro animal. Naquele momento me encontrava realmente só em todos os sentidos e com medo de tudo, mas principalmente de que tivesse tomado a decisão errada, de que tivesse cometido um engano. Será que eu confundira as coisas? Será que eu nem era tão diferente deles quanto imaginei? Será que o que eu sentia antes era realmente solidão?

Não conseguiria imaginar coisa pior. Cheguei a preferir que alguma fera se aproximasse, que corresse atrás de mim, que me ameaçasse, mas que pelo menos alguém chegasse perto de mim, para eu ouvir algum som, para eu emitir algum som, mesmo que fosse de pavor. Comecei a duvidar de que eu ainda estivesse vivo. Será que eu já havia morrido sem perceber?

Lembro-me do encontro com as hienas e compreendo que o perigo real dava menos medo do que os imaginários, aqueles que nunca se sabe se vão acontecer ou não e que quase sempre acabam ficando no terreno da imaginação. Os perigos reais, acabei sempre resolvendo de uma maneira ou de outra. Depois se tornavam parte da memória e sempre davam conforto ao lembrá-los, como se fossem prova da coragem que já tive.

Mas e o medo do que eu nem sabia o que era? Para ele não havia conforto algum, pois não existia garantia de que eu teria coragem para enfrentá-lo quando chegasse a hora.

Por que foi mesmo que eu deixei a alcateia? Para encontrar outro labatruz? E se não existisse outro? E se ele existisse e eu nunca conseguisse encontrá-lo?

O medo era uma sensação que se tornava permanente. Será que estaria melhor se tivesse ficado na alcateia? Mas lá eu estava muito infeliz, sem uma companheira. Tentava me consolar pensando que eu nunca saberia o que seria melhor se não tivesse tentado procurar. Eu não trocara a felicidade pelo incerto, havia substituído a infelicidade por outra ainda maior. Pensando bem, acho que não havia perdido grande coisa. Talvez eu tivesse tomado a decisão certa. Era cedo para concluir algo, minha viagem ainda não tinha acabado, eu estava vivo. Muita coisa ainda poderia acontecer.

Quando resolvi sair para esta jornada, nunca imaginei que as coisas pudessem ficar piores do que já estavam. Aprendi da pior maneira que mesmo quando existe coragem e se decide lutar pelo desejo, não há garantia de sucesso. Nada impede que os problemas se tornem ainda piores ao longo do caminho, que surja o arrependimento, e seja tarde para voltar atrás.

Por outro lado, se não existir a tentativa, é certo que nada vai melhorar e, mesmo com uma possibilidade muito pequena de obter sucesso, o impulso para sair à procura dessa possibilidade foi tão grande que não deixou opção senão segui-lo.

Poderia ter tentado, não conseguido e ter continuado infeliz. Se não tentasse, além da infelicidade, haveria a vergonha da própria covardia.

Eu não tinha escolha. Era andar, andar e andar.

Àquela hora talvez os lobos também estivessem andando, procurando comida, água, abrigo, mas sempre andando, procurando, procurando. As hienas, os leões, os tigres, todos, sempre andando e procurando.

Eu não havia escolhido aquela vida, mas sabia que teria de continuar, senão morreria de frio, de fome, de solidão ou tristeza.

Depois de muito tempo andando, eu já não tinha mais certeza do meu objetivo inicial. Achava que saíra para procurar um semelhante, mas depois de dias, semanas, meses, e até anos na completa solidão, isso nem me importava mais. Passei a desejar apenas encontrar alguém, qualquer um que fosse, mesmo muito diferente de mim.

A impressão que eu tive durante esse tempo foi a de ser o único animal sobre a terra, como se todos os outros tivessem desaparecido e só eu havia sobrado, como um prêmio do avesso, um castigo horroroso de ser único, diferente e incomunicável.

Senti uma imensa saudade dos lobos, a única família que eu conhecia e da qual me afastei por vontade própria. Fui tomado por uma tristeza insuportável, que fazia meu corpo inteiro doer, como se tivesse apanhado de algum bicho maior.

Muito tempo se passou até que houvesse novo contato.

Acho que eu estava cochilando quando ouvi um som estranho, de algo cortando o ar. Olhei para o céu e vi uma ave, mas ainda não sabia que era uma coruja. Chamei-a desesperadamente, emitindo pela primeira vez, em anos de silêncio, minha tão estranha voz. Estava quieto havia tanto tempo que eu mesmo estranhei o som que saiu da minha garganta; realmente não se parecia com nada já emitido neste mundo e naquele momento, o que deveria ser um chamado, soou como um urro medonho. Meu próprio grito era algo pavoroso, que parecia vir de outro lugar que não do meu corpo, e eu me assustei.

Não sabia mais que coisa monstruosa eu poderia ter me tornado. Senti medo de mim mesmo, pior do que tudo que eu já havia sentido, e chorei de desespero.

A coruja percebeu alguma coisa de comovente no meu choro e, com a intuição de que eu não fosse lhe fazer mal, desceu e pousou ao meu lado. Examinou-me com os olhos grandes e arregalados e por fim perguntou:

– Quem é você?

– Sou um labatruz, e você?

– Uma coruja.

– Você é um tipo de ave, não é?

– Sim, sou. E você deve ser algum tipo de mamífero, não?

– Acho que sim. Pelo menos eu mamei numa loba quando era filhote. Diga-me, coruja, por que você não se assustou comigo e com meu grito?

– Não sei, acho que foi o instinto. Nós, corujas, podemos voar e observar as coisas do alto. De longe, tudo parece muito diferente do que quando olhamos de perto. Ver à distância é mais seguro. Além do mais, você não me pareceu perigoso, está só, imagino que tenha perdido contato com seu grupo e esteja com medo. Seu grito me parecia pedir por socorro.

– Como você sabe tanta coisa sobre mim, se acabou de me conhecer?

– Ora, eu apenas sei. Estou acostumada a observar, para isso tenho olhos grandes. Disso depende minha sobrevivência. Eu observo. Sei até onde posso ir, de quem devo me afastar, onde há abrigo e alimento e onde há perigos. Todo animal é igual: sabe o que tem que fazer desde o momento em que nasce. Você não é assim, não sabia dessas coisas?

– Não. Nunca vi outro animal como eu. Fui criado pelos lobos e vi poucos animais além deles. Não sei exatamente quem eu sou, então não sei o que um labatruz deve fazer. Não havia um igual a mim para me ensinar. Não sei quem são meus predadores ou quem são as minhas presas. Como vou saber o que ou quem é perigoso para mim?

– Entendo. E por que você não está com os lobos agora?

– Eu me afastei por vontade própria, pois me

sentia infeliz, diferente. As fêmeas de lobos me rejeitavam e resolvi sair à procura de outros da minha espécie, mas até agora não encontrei. Estou mais só e perdido do que antes, não sei o que vou encontrar pela frente e me perdi completamente da alcateia. Pensei em procurar os lobos novamente, mas agora acho que será impossível reencontrá-los. Estou andando sem rumo há muito tempo e não tenho a menor noção de onde estou. Você, coruja, que pode voar e é tão sábia, viu alguém como eu em algum lugar por onde passou?

– Não, labatruz, nunca vi alguém sequer parecido com você.

Eu estava muito triste e desesperado. De alguma forma me senti reconfortado. Aquela ave estava preocupada comigo. Relaxei e desatei a chorar. Voltei a perguntar à coruja:

– E os lobos, você não viu os lobos por aí?

– Bem, eu vi alguns lobos, mas faz muito tempo. Eles não devem estar mais lá onde os localizei.

– Onde eles estavam, coruja?

– Muito ao norte. Você, que não voa, levaria dias para chegar lá.

– Coruja, sobrevoe os campos e veja se encontra os lobos. Eu esperarei aqui para que você venha me contar. Por favor, eu imploro!

– Não posso, meu amigo. Por mais que me entristeça dizer não a você, eu não posso fazer isso. Meus filhotes estão esperando no ninho e eu tenho que levar comida para eles, caso contrário morrerão de fome! Amigo, tudo o que eu posso fazer é desejar-lhe boa sorte. Desculpe-me, mas a vida é assim: cada um tem suas tarefas para sobreviver. Eu não desejo que você sofra, mas também não desejo que meus filhotes morram. Cada um tem que preservar sua espécie.

Eu ouvia e não conseguia segurar as lágrimas. A coruja ficou com tanta pena que permaneceu um pouco mais ao meu lado para tentar me ajudar. Disse-me:

– Labatruz, eu não posso me demorar muito, mas vou guiá-lo em direção ao norte. Coloco você no caminho e depois você vai sozinho, está bem?

– Sim, sim, obrigado, coruja querida!

E assim fomos os dois: a coruja voando e eu correndo em direção ao norte, sem ter nenhuma garantia de que encontraria a alcateia.

Num determinado momento, a coruja deu meia-volta e despediu-se:

– Agora preciso voltar. Você já está no caminho, é só seguir em frente! Boa sorte, amigo.

– Obrigado, coruja, muito obrigado!

Senti uma pontinha de felicidade e gratidão por aquele encontro com um animal tão especial, apesar de tão diferente, que teve compaixão por mim. Enquanto caminhava em direção ao norte, comecei a devanear sobre como seria bom se eu tivesse nascido coruja. Eu teria asas e poderia voar, ver as coisas de longe e compreender tudo melhor, seria tão inteligente quanto a que acabara de conhecer e não seria só. Poderia também ter nascido lobo de uma vez, e nenhum desses problemas teria acontecido. Por que a natureza havia me reservado esse destino? Essas questões ficaram sem respostas.

E fui andando, passo a passo, por mais alguns dias ou semanas, não sei ao certo. Perdi a noção do tempo e durante esse longo período de viagem não encontrei mais ninguém com quem conversar.

Não sei se a tristeza foi diminuindo ou se eu fui me acostumando com ela, mas o fato é que a solidão já nem me incomodava tanto. Na verdade, eu estava tão cansado que parecia anestesiado: nada me incomodava e nada me alegrava.

Nem sei se ainda tinha esperança de encontrar a alcateia, mas eu continuava andando. Não havia outra alternativa. Quando me lembro desses dias, tenho a certeza de que andar era a única coisa que eu sabia fazer, pois passara tanto tempo da minha vida andando que já não sabia fazer outra coisa.

Naquela altura já não procurava mais nada. Apenas andava por andar, sem saber se estava certo ou errado. E o que era certo? Cheguei mesmo a pensar que a função de um labatruz seria a de andar sem parar. Quem sabe os labatruzes tenham sido criados e colocados no mundo com essa finalidade:

andar, andar e andar, sem nunca ter parada, nunca ter descanso nem encontrar o que pensam que procuram, somente continuar andando.

Andei ainda por alguns meses e raras vezes encontrei uma ou outra criatura viva, todas estranhas para mim como eu era para elas. Todas incompreensíveis, tornando-me cada vez mais consciente do quanto eu mesmo era incompreensível. E continuei a andar, já havia me acostumado.

Porém, em uma noite de lua cheia, eu estava quase dormindo quando ouvi um som familiar, que parecia vir de longe.

A princípio achei que estava sonhando, mas o som continuou e de repente eu estava bem acordado, prestando muita atenção para identificá-lo. Não quis acreditar no que ouvia, mas parecia uivo de lobo. Não lembro se fiquei feliz ou apavorado, ou as duas coisas ao mesmo tempo. Eu queria tanto reencontrar os lobos e havia muito tempo esperava por isso. A possibilidade de concretizar esse desejo deixou em mim uma emoção tão intensa que chegava a doer, sentia medo de não ser verdade e também medo de ficar feliz e perder a felicidade novamente. Sentia mais medo daquilo que não existia, da vida que ainda estava no futuro e que talvez nunca se tornasse presente.

Aquele sentimento bom me aterrorizava muito mais do que os ruins, pois a desgraça não me daria escolha: se ela chegasse, seria obrigado a reagir, bem ou mal. Naquele momento a felicidade era a coisa mais apavorante do mundo, era o uivo de um lobo ao longe, desafiando minha coragem. Eu teria de escolher se iria ao seu encontro ou se a ignorava e continuava meu caminho. Entendi que era preciso ter muito mais coragem para a felicidade do que para o perigo.

E eu ali, com medo daquilo que tanto queria: o reencontro com os lobos. Muito tempo se passara e eu não sabia como eles me receberiam; além disso, um outro pensamento me congelou por dentro: talvez não houvesse apenas uma alcateia, talvez aquele uivo que eu ouvia pertencesse a um lobo de outro grupo. Eu só conhecia uma alcateia e somente aquela conhecia um labatruz; para todos os efeitos, eu era um ser estranho para os lobos.

Permaneci imóvel por algum tempo, sem saber o que fazer. A vontade de ir ao encontro do lobo era tão grande quanto o medo da frustração e a vontade de permanecer como estava. Tentei reunir toda a coragem que consegui e pensei que realmente não tinha nada a perder, pois na pior das hipóteses o lobo poderia me estranhar e me matar, para se defender ou para jantar: a cadeia alimentar é uma das leis da selva. Será que eu perderia grande coisa? Que sentido teria eu continuar vivo se a minha espécie já estava praticamente extinta? Provavelmente não existia outro labatruz, não existia uma fêmea, eu era o último da minha espécie. Se é que existiu uma espécie de labatruz, pois ninguém nunca havia visto algo ou alguém parecido comigo. Pode ser que eu mesmo nunca tivesse pertencido a qualquer espécie e fosse apenas uma aberração, um mutante da natureza. Nunca saberia de onde vim, nem para onde estava indo.

Pesei os prós e contras, respirei fundo e fui ao encontro do lobo, guiado pela direção do som de seu uivo. Não demorou muito para encontrá-lo: um animal magnífico chamava a lua, que parecia responder banhando-o com sua luz delicada.

Quando percebeu minha presença, o lobo interrompeu seu canto e observou-me detalhadamente, muito surpreso e desconfiado. Eu permaneci imóvel, pois não queria assustá-lo e esperei até que ele iniciasse um diálogo.

– O que é você?

– Sou um labatruz. Você é um lobo, certo?

– Certo. Nunca vi nada parecido com você! De onde veio? O que você faz?

– Não sei de onde vim, mas fui criado com lobos iguais a você. Quando me tornei adulto deixei a alcateia e agora eu apenas ando.

– Anda para quê?

Hesitei por alguns segundos, pois estava confuso e já não tinha clareza, ou não me lembrava mais do motivo que me levara a abandonar os lobos havia tanto tempo. Após algum esforço, respondi:

– Procuro outro labatruz.

– Aqui não há labatruzes, por que veio então?

– Acho que não há no mundo outro labatruz além de mim. Procurei durante tanto tempo e não encontrei. Creio que eu seja o último e minha espécie vai acabar quando eu morrer. Estou cansado de procurar um labatruz e ultimamente eu estava procurando por vocês, lobos.

– Se você nos deixou, o que quer conosco agora?

– Quero voltar para a alcateia, pertencer novamente a um grupo, apesar de ser diferente. Sei que não sou jovem, estou cada dia mais fraco e posso morrer a qualquer momento. Não tenho medo da morte, pois sei que isso é natural: todos os seres ficam velhos e morrem. Já a solidão não é natural, não tenho parceira, não tenho filhotes, não tenho semelhantes e não sei qual é a minha função. Por favor, aceitem-me no seu grupo, estou com medo e muito triste. Pergunte aos mais velhos, talvez algum deles se lembre de mim. Se não me quiserem na alcateia, matem-me, mas não me deixem só novamente. Andar já não posso mais.

O jovem lobo ficou tocado com meu desespero. Conduziu-me ao local onde se encontrava a alcateia e fui apresentado às três mais velhas lobas, que não me reconheceram, tampouco eu as reconheci.

Essa não era a minha alcateia, mas os lobos foram solidários e me deixaram ficar, já que eu não oferecia perigo algum, estava habituado com a convivência e compreendia seus costumes.

Não posso descrever minha felicidade e gratidão. Meu coração palpitava e durante algumas noites nem consegui dormir direito de tanta excitação. Era difícil acreditar. Havia duvidado da felicidade por muito tempo, e ela parecia algo que não existia ou que sempre estava longe do meu alcance. Felicidade próxima era uma coisa muito estranha...

Ao cabo de alguns meses, entretanto, fui novamente tomado pela angústia, que crescia a cada dia. Como da primeira vez, os lobos me trataram muito bem, mas o fato é que eu não era um lobo e nunca seria.

Sou um labatruz e ninguém, nem eu, sabia o que era ser um labatruz. O que sei é que meu aspecto físico é diferente, minha voz é diferente, meus movimentos são diferentes.

Os filhotes de lobo se assustavam comigo, as fêmeas me consideravam repugnante e eu sentia que era tolerado por pena. Eu não servia para nada, não conseguia mais caçar, não podia mais correr e não podia contar aos mais jovens histórias de lobos nem de labatruzes. Eu não era nada: tornei-me algo que não existia mais, embora fisicamente ainda estivesse vivo.

Foi assim que deixei os lobos pela segunda vez, agora para sempre. Agradeci a hospitalidade e tolerância e serei sempre grato aos lobos, não importa onde esteja ou o que venha a acontecer. Os lobos foram solidários e sábios. Parece que estou velho, pois fico repetindo as coisas...

Voltei a ser o que eu sabia ser: um labatruz. Solitário, diferente de todos, aquele ser andarilho sempre à procura do que não sabe, à procura do que talvez não exista.

Sei que vou acabar em breve e o mundo não sentirá a falta dos labatruzes. Ninguém, além daqueles que conhecerem esta história, saberá que os labatruzes um dia já existiram.

o construtor de navios

Conta-se que viveu há muito tempo, num lugar que ninguém sabe exatamente onde fica, o melhor construtor de navios que já existiu no mundo. Ninguém sabe como e com quem ele aprendeu a construir navios, pois nenhum de seus parentes ou conhecidos praticava esse ofício. Ele nasceu em um vilarejo isolado à beira-mar e os homens do local apenas construíam pequenas jangadas para a pesca, de modo que antes do construtor de navios nunca houvera no local embarcação mais sofisticada.

O construtor desde criança manifestara a paixão por tudo o que navegava: barcos, canoas, jangadas, lanchas, navios, veleiros. O mais espantoso é que ele sabia detalhes de todos os tipos de embarcações, mesmo as motorizadas, apesar de nunca ter visto uma, nem em foto, nem em filmes. O vilarejo no qual vivia era pequeno, não havia luz elétrica, muito menos televisão e cinema. Mas o menino era muito esperto e vivia fazendo miniaturas de barquinhos com tudo o que encontrava: latas, folhas, cascas de árvores, trapos e até sobras de comida, como ossos de galinha, coroa de abacaxi e grãos de feijão. Onde todos viam apenas lixo, ele via magníficos navios.

O tempo foi passando e o menino crescia, sempre interessado nos navios. Antes de chegar à adolescência, já era capaz de construir sozinho uma jangada muito melhor do que faria qualquer um dos homens adultos do vilarejo. O menino aprendeu rápido todos os tipos de nós que poderiam ser dados nas cordas usadas nas embarcações e conhecia cada tipo de madeira da região e suas características, como capacidade de boiar e resistência. Como ele era também muito forte, ia sozinho para a mata com um machado e uma serra e trazia a madeira certa para construir a melhor jangada.

Assim, sua fama foi crescendo e ninguém mais construía uma embarcação sem a sua ajuda ou pelo menos a sua opinião sobre o material a ser utilizado e o melhor formato para dar a ele. Habitantes de povoados vizinhos, tomando conhecimento do fato, passaram a fazer encomendas ao menino. Chegava gente de vários lugares, deixando o povoado mais movimentado e mais rico, pois os visitantes que chegavam para encomendar jangadas, canoas e outros tipos de barcos também aproveitavam para comprar e vender mercadorias, e assim o que antes era um vilarejo quase esquecido pelo mundo tornou-se referência comercial. A fama e o movimento do local cresciam a cada dia.

O tempo continuava em sua jornada incessante, e o menino tornou-se adolescente sem que as pessoas tivessem prestado muita atenção a isso. Para o menino, agora um rapaz, essa mudança também pouco importava, pois tudo o que ele queria era construir seus barcos, que estavam se tornando cada vez maiores e mais sofisticados. O rapaz chegou a contratar alguns homens para ajudá-lo, sob suas ordens, pois já não era possível que ele fizesse tudo sozinho. Assim, sem que se percebesse, o menino construtor de jangadas passou a ser o poderoso dono da maior indústria naval de todos os tempos.

O adolescente precoce tornou-se homem, o construtor de navios, denominação pela qual era conhecido não só nas proximidades, mas também nos locais mais distantes. Quase ninguém mais se lembrava do seu nome verdadeiro, pois ele só era chamado de construtor ou homem dos navios. De fato, era como se ele não existisse sem os navios e os navios não existissem sem ele.

Apesar da sua paixão e da sua obsessão por navios e coisas do gênero, o construtor não era antissocial nem pretendia ser eremita, portanto, ocorreu-lhe de se apaixonar por uma moça e casar-se com ela.

A esposa do construtor de navios era muito compreensiva e paciente, desse modo aceitou ser a segunda paixão na vida dele, uma vez que ninguém poderia jamais tirar o lugar da sua primeira e imensa paixão: os navios. A moça concordava em que ele dividisse seu tempo, seu amor e seus pensamentos entre ela e os lemes, os calados, as proas e as popas, e dessa forma o casal vivia em relativa harmonia e tiveram três filhos.

O construtor de navios estava felicíssimo por ter filhos, uma vez que um dos seus grandes sonhos era ensinar tudo o que sabia aos três, para que eles dessem continuidade à sua obra e pudessem herdar a indústria por ele fundada, de modo que seu pequeno império naval não saísse das mãos da família. Ele ensinava tudo aos filhos: como dar nós, como identificar uma madeira apenas pelo tato, como funcionava uma vela e muitas outras coisas; também dava a eles toda espécie de embarcações de brinquedo para que eles fossem tomando gosto por elas.

Entretanto, algo nos seus planos parecia não

dar certo. Nenhum dos três filhos se interessava por embarcações e muito menos pelos métodos para construí-las. Eles sequer gostavam de navegar: eram de outra geração e preferiam ficar na praia, na areia, brincando, tomando sol e se divertindo nas ondas, mas não tinham qualquer interesse em se aventurar em alto-mar. Como o vilarejo se transformara numa rica cidade, havia lojas e mais lojas com toda a espécie de produtos e muitos, mas muitos mesmo, brinquedos importados, desses que falam, acendem luzes, andam e fazem tudo sozinhos. Os três filhos do construtor de navios só se interessavam por brinquedos tecnológicos, e ele custou a compreender que havia passado seu tempo de criança pobre que fazia brinquedos com folhas de palmeira e velas de trapos.

A esposa do construtor de navios tentava explicar a ele que era impossível fabricar um talento em alguém que não o possuía naturalmente. Ela o lembrava de que nunca o ensinaram a fazer navios, pois ele já nasceu com o dom, já nasceu sabendo, porém seus filhos eram outras pessoas e não obrigatoriamente deveriam ter as mesmas habilidades. O construtor compreendeu, mas no fundo do seu coração sentiu-se triste e muito frustrado, pois era a primeira vez em sua vida que algo não acontecia exatamente conforme o seu desejo. A frustração e a decepção eram para ele sentimentos desconhecidos e seu primeiro contato com essa experiência o deixou confuso. Mas assim eram as coisas, e ao homem que fazia navios apenas coube aceitá-las, embora jamais tenha chegado a concordar com elas inteiramente. A partir desse dia, passou a saber o que era se sentir incompleto, com um vazio dentro do peito, que parecia vir do fundo do seu coração. Todo mundo reconhecia que ele era o melhor construtor naval que já existira e nem mesmo ele próprio duvidava da superioridade do seu talento. Ele também não podia se queixar da sorte: era sadio, tinha muito dinheiro e prestígio social, amava sua esposa e era por ela correspondido, tinha três filhos lindos, perfeitos, sadios e inteligentes, mas estava incompleto.

Faltava-lhe algo que ele nem sequer sabia o que era, pois tinha mais do que qualquer pessoa comum poderia sonhar. Ele tinha tudo o que era considerado necessário para ser feliz e tinha também todo o supérfluo.

Mesmo assim, havia nele uma falta, um buraco, algo que não permitia que ele se sentisse totalmente feliz, mas parecia ser algo sem importância, uma chateação sem explicação que vinha de seu interior e que talvez desaparecesse se não desse mais atenção a ela. E foi o que o construtor de navios resolveu fazer: não pensar mais nisso, pois era tolice e, quem sabe, até fosse ingratidão não se sentir feliz sendo tão bem-sucedido na vida!

Aquela sensação de estar oco pareceu deixá-lo em paz por algum tempo, mas não demorou muito para que ele voltasse a se sentir incomodado, e dessa vez o sentimento foi muito mais forte. Aquela sensação de que faltava algo assumira um jeito de tristeza, pequena, silenciosa e discreta, mas era tristeza mesmo e, então, ele não teve dúvidas do que sentia. Isso o deixou muito envergonhado perante si mesmo e ele não compreendia como aquilo poderia acontecer com ele, que sempre acreditou que para alguém ficar triste era necessário ser pobre, feio, doente, solitário ou desprovido de talento. Como seria possível que ele, o grande construtor de navios, um homem realizado, estivesse triste? Qual poderia ser o motivo? O que poderia existir no mundo que ele já não possuísse?

O construtor agora andava pensativo, calado, introspectivo. Para quê ele estava trabalhando, afinal? Em termos de construção naval, não havia nada que fosse difícil ou impossível para ele. Não havia mais desafios. Ele chegara ao último degrau da escada e não havia mais para onde subir: seu caminho parou.

Não é preciso dizer que nosso homem acabava de cruzar a porta de entrada da mais dolorosa crise existencial que um ser humano pode experimentar: a sua primeira!

Todo mundo passa por dúvidas, medos e encruzilhadas na vida, mas para o homem dos navios essa era a primeira vez que enfrentava uma tempestade em terra firme, um maremoto que não vinha de fora, mas de dentro dele próprio. Chegou para ele o momento mais aterrorizante da vida de uma pessoa: o encontro consigo mesmo.

Claro que ninguém, nem sua esposa, soube o que se passava no seu íntimo. "Esse tipo de coisa não se conta a ninguém", pensou ele. Estava assustado e envergonhado por sentir-se triste sem motivo aparente. Tinha receio de contar a alguém sobre suas aflições e ser considerado tolo, ou pior, louco. O construtor foi obrigado a reconhecer que, durante esses anos todos em que passou construindo navios, aprendeu muito sobre eles e quase nada a respeito de si.

E seu sentimento de ser incompleto aumentava, sua falta de não sei o que crescia, a tristeza se instalou e não queria ir embora, até que foi nascendo nele uma ânsia, um anseio por algo que fizesse sentido em sua vida, algo que o tirasse da rotina e que o arrancasse do chão. Deveria ser grandioso, um feito espetacular, sem precedentes, que deveria entrar para a história da humanidade! Isso mesmo! Ele tinha que fazer algo célebre para inscrever seu nome entre os grandes, entre os seres humanos especiais, que abrem os caminhos para os outros e que mostram até onde pode ir a ousadia e o gênio.

Sem dúvida, o construtor de navios era um homem de gênio, de ousadia. Ele possuía talento e inteligência muito acima da média e, assim, pareceu-lhe óbvio que ele não estava destinado a uma vida dentro da norma, do ordinário. Ele não era uma pessoa medíocre e nunca poderia ser feliz tentando se contentar com uma vida normal, ainda que sua atual vida, aos olhos dos outros, fosse considerada espetacular.

Assim, rapidamente e com muita convicção, ele decidiu que faria algo grandioso e deixaria sua marca no mundo, algo que mudaria o curso da humanidade, algo útil que fosse bom para todos, que melhorasse a vida das pessoas. Seu feito deveria ter a magnitude da descoberta da luz elétrica, do telefone e da televisão. Ele daria para a humanidade algo que se tornaria tão necessário quanto o alimento e ninguém, depois de conhecer seu invento, poderia continuar a viver sem ele.

Obstinado, o construtor lançou-se ao seu projeto. Primeiro passou dias e noites a pensar em algo necessário que ninguém ainda tivesse feito, mas depois chegou à conclusão de que a coisa se torna necessária depois que passa a existir e as pessoas se habituam a ela. Rapidamente nosso inventor constatou que a tarefa não era nada fácil e que ele precisaria ser mais prático e objetivo, caso contrário passaria a vida toda tendo ideias geniais, que nunca se transformariam em realidade. Ter ideias é fácil, difícil é colocá-las em prática.

Foi então que ele encontrou a direção para o seu desejo: fazer o que sabia! Se o difícil era construir, então ele construiria aquilo que mais dominava, os navios! Ele não era um homem preguiçoso ou desprovido de praticidade; ele sabia transformar qualquer material e qualquer ideia em embarcações.

Claro! O grande invento só poderia ser um navio, mas seria o mais inacreditável, invencível, indestrutível, veloz, maravilhoso e versátil de que se teria notícia.

Deveria ter um mecanismo motor autossuficiente, que não necessitasse de combustível ou velas, que fosse independente dos ventos ou da mão humana, que navegasse por si só, como se fosse um ser vivo. Seu navio teria alma.

Passada a euforia inicial diante da brilhante ideia, o construtor constatou que a dificuldade prática continuava grande. Agora, pelo menos, ele já sabia o que queria fazer, mas o problema era como fazer. Embora tivesse muita experiência em construção naval, seu atual projeto não tinha precedentes, jamais houvera um navio como este que brotava de sua imaginação: um navio moto-perpétuo, que navegaria sempre, sem parar, sem descanso, um navio que duraria para sempre e seria conhecido por seus netos, bisnetos e por todas as gerações futuras.

Sim, o navio perfeito ganhava formas e cores,

mas somente na sua imaginação. Naquela época o homem dos navios passava horas em seus devaneios, imaginando que seu nome entraria para a história dos grandes navegadores, que ele daria a volta ao mundo como Fernão de Magalhães, descobriria algum local ainda desconhecido, quem sabe, como um novo Colombo. E pensava, pensava, pensava. Como deveria ser esse fantástico barco? De madeira, como a Arca de Noé? De metal, como um submarino? Ou quem sabe de plástico especial? De fibra de carbono?

Mas o material da embarcação em si era o menor dos problemas. Ele tinha mesmo era que resolver a questão do motor, de um supermotor que depois de acionado pela primeira vez funcionasse sem parar, sozinho e sem precisar de combustível.

Logo ele constatou que construir tal motor seria

um prodígio da engenharia e que, se isso se tornasse realidade, revolucionaria não só a indústria naval, mas também a automobilística e as outras que se utilizam de motores.

Um motor que não precisa de combustível causaria uma queda no comércio de petróleo e viraria o mundo de cabeça para baixo. Países ricos empobreceriam da noite para o dia e o caos se instalaria provisoriamente no mundo, até começarem as negociações entre o construtor de navios e os países interessados em comprar seu extraordinário motor. Seu país se tornaria o mais rico do mundo graças ao seu invento, e ele logo seria reconhecido como o maior herói nacional de todos os tempos. Só faltava inventar e construir o tal motor, portanto, o construtor teve que fantasiar menos e arregaçar as mangas.

Os meses seguintes foram de trabalho e mais trabalho, projetos e mais projetos, tentativas seguidas de tentativas. Agora o construtor de navios estava tão obcecado por sua invenção que mal dava atenção à sua indústria, à construção dos outros barcos e mesmo à sua vida familiar. Todo o seu tempo era empregado no tal motor maravilhoso e perpétuo.

Em pouco tempo, a maior parte do seu dinheiro também começou a ser dirigida para o invento, pois cada modelo de motor construído, mesmo que não funcionasse, custava caro. Cada tentativa frustrada significativa começar tudo novamente, voltar ao ponto zero.

Não era fácil. O ser humano é assim: vive muito bem sem uma determinada coisa porque nunca pensou nela ou não sabe que ela existe, mas basta que um pensamento, uma visão, um sonho qualquer passe pela sua cabeça e pronto! Em um segundo aquela coisa que antes nem existia para ele torna-se tão necessária quanto o ar que ele respira. A pessoa foi capturada pelo desejo e aquilo que não tem se torna a coisa mais importante de sua vida. Sem aquilo que passou a desejar, ela não consegue mais viver ou, pelo menos, não consegue mais viver em paz.

Assim estava nosso construtor-inventor: sem paz. O desejo de construir o melhor barco do mundo ocupou toda a sua mente, seu coração e suas forças. Ele agora acreditava que tinha essa missão para cumprir na vida e que deveria se dedicar totalmente a ela, ainda que para isso tivesse que sacrificar todas as coisas que amava antes.

A esposa e os filhos ficavam duplamente entristecidos, primeiro porque o construtor já não lhes dava atenção suficiente, segundo porque viam o pai e o esposo triste e cada dia mais frustrado diante de uma nova tentativa fracassada. Ele, que conhecia o sucesso e era bem-sucedido aos olhos dos outros, sentia-se fracassado diante de si mesmo. Às vezes um homem consegue ser seu próprio e pior inimigo.

Logo as pessoas da cidade começaram a comentar sobre o estranho comportamento do construtor de navios. Alguns achavam que ele estava louco, outros acreditavam que ele estava esgotado de tanto trabalhar e poucos, muito poucos mesmo, acharam prudente não fazer conclusões precipitadas, pois o homem sempre fora brilhante. Para estes, desse aparente desatino poderia, sim, surgir uma invenção realmente genial. O construtor, entretanto, ignorava solenemente a opinião alheia. Ele sempre foi diferente dos outros e não seria agora que passaria a se comportar como uma pessoa comum. A única diferença é que agora ele parecia fazer uma coisa só para ele e não se interessava mais por nada nem por ninguém.

Obcecado, o construtor não se dava por vencido e tão logo um modelo de motor se mostrava inadequado ele prontamente começava a planejar e a construir o próximo.

Depois de muitas tentativas ele chegou à conclusão de que o mecanismo perfeito deveria ter seu movimento iniciado pela água, e não pelo vapor, pois isso já existia e era um tanto antiquado. Como ele não queria um motor que dependesse de combustível, a água seria usada como elemento de constituição do motor, sendo que ela não seria gasta no processo de funcionamento deste, mas permaneceria ali eternamente, como o sangue permanece no corpo humano enquanto está vivo.

Essa ideia deu um novo ânimo ao homem dos navios, pois ele sentiu que havia encontrado a ideia central, a ideia genial, aquela que mudaria o mundo. Ele construiria o primeiro motor perpétuo à água, e nada na face da terra permaneceria igual após essa invenção.

Depois da deliciosa e breve fase de sonhar acordado imaginando as glórias futuras, vem o chamado da realidade: hora de iniciar os novos projetos e partir para o trabalho.

Sua ideia foi tomando forma e ficando cada vez mais clara: um motor com sangue, com uma determinada quantidade de líquido que permaneceria sempre no seu interior, circulando, movendo o motor eternamente, sem nunca necessitar de trocas, sem consumir nada, sem desgastes. O líquido seria colocado no motor apenas uma vez, no momento de sua fabricação, e ali ficaria; depois de movimentado pela primeira vez, o líquido permaneceria circulando, por inércia, e o mecanismo do motor seguir-se-ia a esse movimento harmônico, quase sem resistência, como uma dança perfeita num ritmo tão regular que não haveria qualquer variação ou falha, por pequena que fosse. Um movimento tão perfeito quanto o dos planetas girando em órbitas sincronizadas, mas tudo dentro de um motor. Sim, ele sonhou com um universo dentro de um motor, e o motor como um universo dentro de um navio.

Depois de muitas tentativas, vários anos, projetos e frustrações, começou a surgir aquele que parecia ser o tão almejado motor: o que poderia funcionar sem combustível e sem vapor.

Quando o modelo ficou pronto, com seu interior planejado para receber o conteúdo líquido, teve início uma etapa muito trabalhosa do projeto: encontrar a composição líquida ideal para permanecer infinitamente no interior do motor.

O fluido ideal não poderia ser corrosivo, nem conter elementos orgânicos que se degenerassem. Deveria conter solutos que impedissem sua fervura quando exposto a altas temperaturas e impedir seu congelamento mesmo que o navio estivesse no Polo Norte. O construtor tinha que pensar em todas as possibilidades, todos os imprevistos e rigores da navegação, pois o sangue do motor deveria ser insubstituível e, portanto, perfeito.

Foram testadas incontáveis composições químicas e o homem dos navios começou a sentir suas limitações técnicas. Ele não entendia muito de química e passou a solicitar a colaboração de alguns especialistas. É claro que alguns deles achavam tudo aquilo uma loucura, uma perda de tempo. Era improvável que fosse possível produzir um líquido tão maravilhoso, não combustível, não desgastável e que nunca passasse para o estado sólido (de congelamento) ou gasoso. O que se procurava era o fluido do movimento perpétuo, que durasse eternamente, que funcionasse sozinho, que praticamente desse vida ao motor.

Essas expectativas estavam além de todo o conhecimento da química até então. Na verdade, eles estavam procurando uma fórmula mágica, de alquimistas, algo que estava além das propriedades unicamente materiais.

Testaram água salgada, água do mar, água com cobre, prata, bronze e até com ouro. Água com silícea, com iodo, com cal, com bicarbonato de sódio, chumbo, fósforo. Tentaram misturar apenas um elemento na água e não deu certo. Tentaram misturas mais complexas, com vários elementos juntos e também não obtiveram êxito.

O motor parecia perfeito, só faltava falar, mas não funcionou com nenhuma das composições testadas; o extraordinário motor se recusava a adquirir vida.

Enquanto sonhava com o Navio Perfeito, que teria o motor fantástico, que precisava de um fluido genial, o construtor de navios não percebeu que o tempo havia passado às suas costas e, sem que se desse conta, já tinha ficado velho e não conseguira realizar seu grandioso projeto.

O construtor de navios já não possuía o vigor da

juventude e não mais suportava as horas de trabalho pesado que antes destinava ao barco e seu motor. O dinheiro também já não era tanto que pudesse ser despendido em coisas tão supérfluas como o próprio sonho. Os filhos ficaram adultos e tiveram filhos e assim o velho aprendiz de inventor também se cobrava cada vez mais pela falta de atenção à família, por tantas vezes negligenciada.

Assim, o Navio Fantástico foi deixado de lado, mas não foi esquecido. Coberto com lonas que empoeiravam no fundo do galpão da indústria onde se construíam tantos navios convencionais, ele ficou por anos sem que o seu construtor voltasse a falar dele, embora o visitasse com frequência. Nas horas solitárias, o construtor de navios tirava a lona de cima de sua obra de arte e cuidava dela com todo carinho, limpava a poeira, fazia pequenos reparos, examinava o motor e permanecia muito tempo contemplando aquele que era o melhor trabalho da sua vida. Quanto mais ele examinava o barco, mais se certificava de que ele era realmente perfeito, impossivelmente perfeito, quase um ser vivo. Parecia que a qualquer momento o barco começaria a respirar e a mover-se em direção ao mar, como um animal que nasce e já possui o instinto do seu destino, da sua direção. O construtor chegava mesmo a conversar com seu Navio, sua criatura, como se conversa com um ser humano. Perguntava-lhe o que lhe faltava, por que seu motor não se movia? O Navio parecia ouvir, mas nada respondia. Ou será que era o construtor que não conseguia ouvir a voz do Navio?

O homem dos navios nunca mais foi totalmente feliz, apesar de externamente a vida continuar sem grandes problemas. Para os outros, ele ainda era um grande empresário, homem talentoso e inteligente, porém em seu coração ele sentia a enorme frustração pelo sonho não realizado, pelos anos de trabalho e empenho sem resultados, por ter se confrontado pela única vez na vida com uma tarefa que se mostrou acima das suas capacidades. Ele se tornou um ser incompleto, e o Navio coberto por lona no fundo do galpão o lembrava disso o tempo todo.

Alguém poderia perguntar por que é que ele não se desfazia do Navio, mas a resposta é que simplesmente não conseguiria. Aquele barco fazia parte da sua vida, fora criado por suas mãos e ele passou a amá-lo como se ama uma pessoa, como se fosse o espelho dele mesmo, como se fosse a sua imagem e semelhança em forma de embarcação.

Assim se passaram muitos anos e chegou o momento em que o construtor de navios, percebendo que se aproximava o final de sua vida, pediu à esposa e aos filhos que satisfizessem seu último desejo: assim que morresse, queria que seu corpo fosse colocado dentro do seu adorado Navio e lançado ao mar, sem rumo, para destino algum que fosse conhecido por alguém. Apenas queria estar no mar, na sua gloriosa embarcação, que boiaria nas águas pela primeira vez desde a sua construção.

E deu-se a extraordinária ocorrência, exatamente no dia da morte do construtor: seu corpo foi colocado no Navio e levado em pequeno cortejo até a beira do mar, acompanhado por amigos e familiares. Porém, antes de lançarem o barco à água, sua esposa e seus filhos choraram de emoção diante de uma despedida tão incomum e estranhamente bela, e suas lágrimas caíram sobre o motor do Navio. As pessoas que presenciaram o fato afirmam até hoje, para quem quiser ouvir, que o motor fantástico do Navio Fantástico começou a funcionar imediatamente, sem combustível e sem necessidade da mão humana, sem vapor e sem corda. Dizem que a lágrima era o líquido extraordinário que moveria o motor perpétuo, aquele que nunca mais pararia.

O barco, já na água, começou a se mover, a quebrar as ondas com um ondular gracioso, com o som macio de um motor constante e perfeito. Quem esteve lá jamais poderá esquecer aquela imagem: a embarcação magnífica, única, carregando seu dono morto, parecia não ser deste mundo, e talvez não fosse mesmo. Ela sabia o caminho e ganhou o mar aberto. Ela conhecia a direção e não precisava de comandos. Quem viu teve certeza de que aquele Navio realmente estava vivo e tinha alma.

Para dizer a verdade, até hoje existe muita especulação sobre o caso, e alguns questionam se o barco tinha alma ou se era a alma do construtor morto que estava movendo o barco. Ou ainda, quem sabe, os dois poderiam ter se tornado um só ser.

A história do barco fantasma do construtor de navios que vaga com seu maravilhoso motor, que nunca para, com o moto-perpétuo, o navio com alma, que não precisa de combustível, mão humana, ventos ou velas, continua sendo contada. Ninguém sabe dizer com certeza se o construtor de navios virou um fantasma ou se seus ossos apenas jazem amontoados no convés. Não se sabe se o construtor de navios, mesmo depois de morto, percebeu que havia atingido seu objetivo.

Tudo o que se sabe é que o Fabuloso Navio Perpétuo leva seu dono e permanece navegando pelo mar sem nunca parar.

o homem que fazia luz

O homem que fazia luz estava morrendo. Não que isso fosse uma surpresa, pois ele já estava muito velho, mas ninguém havia pensado seriamente nisso, que ele era um ser humano, que era mortal e que um dia morreria.

Na fantasia de todos, o homem que fazia luz era uma instituição e não uma pessoa, e ninguém imaginara que um dia ele pudesse deixar de existir, mas agora o homem estava morrendo e com isso veio a constatação de que a luz também se extinguiria, pois só havia um homem que sabia fazer luz e nenhum outro aprendeu, talvez por falta de talento, ou por preguiça ou por julgar desnecessário, uma vez que o homem que fazia luz era especial por seu dom. Talvez ele não morresse ou a luz sobrevivesse à sua morte eram pensamentos correntes. O homem que fazia luz estava morrendo e todos foram obrigados a reconhecer o fato, uma vez que a luz com ele se apagaria, pouco a pouco. Ninguém sabia do que padecia o homem; na verdade, ele não parecia padecer: apenas morria devagar. Não reclamava de dores, mal-estar ou qualquer outro sintoma. Não havia nele vestígio de qualquer moléstia, e não havia mal para ser curado ou ao menos tratado. Simplesmente ia enfraquecendo a cada dia e com isso conseguia fazer cada vez menos luz.

No início de sua vida, que ninguém sabe quando foi, uma vez que era o homem mais velho de todos, ele acordava muito cedo e começava a fazer a luz. Por volta das cinco ou seis horas da manhã já havia luz suficiente e todos começavam a acordar e a iniciar suas tarefas diárias. Ao meio-dia, após uma boa refeição, ele se sentia tão disposto que podia fabricar uma luz particularmente intensa e acompanhada de tal calor, capaz de ofuscar os olhos e queimar a pele dos que não se protegessem. Entretanto, as plantas e os animais pareciam se beneficiar dessa luz e calor intensos, motivo pelo qual ninguém se incomodava, ao contrário, o homem que fazia luz era incentivado, e a cada dia um dos habitantes tinha a honra de recebê-lo em sua casa para as refeições. Todos se esmeravam em agradá-lo, pois quanto mais satisfeito, mais luz ele produzia e todos ficavam sabendo que ele fora bem recebido naquele dia, o que era motivo de orgulho e destaque social para o anfitrião.

À tarde, o homem ia se cansando, pois acordava muito cedo, de modo que menos luz era produzida, mas a redução era sutil e quase não se percebia que estava escurecendo até que a noite estivesse consumada.

O homem era um artista, e a luz era sempre diferente, conforme o horário e a época do ano, conforme o clima e os ventos, ou segundo seu próprio humor, que felizmente costumava ser muito bom. Sua luz preferida, entretanto, era sempre a das três horas da tarde, aquela luz mágica, não tão escancarada e reveladora quanto a do meio-dia, mas clara e brilhante o suficiente para revelar o mistério das cores e das formas. Assim, nesse horário o homem gostava de estar sob uma árvore para ver a luz atravessando suas folhas, e essa ocorrência simples lhe causava tamanha felicidade como poucos podiam compreender. A luz passando entre as folhas, e ele, ao mesmo tempo protegido e exposto a ela, admirava seu trabalho como se não fosse dele, como alguém que vê uma obra de arte e se surpreende e se encanta.

Entretanto, nem tudo foi tranquilo ou feliz na vida do homem que fazia luz. Certa vez, durante sua adolescência, quando tinha uns quinze anos, apaixonou-se pela primeira vez. Por essa ocasião, o menino que já fazia a luz foi tomado por uma emoção tão intensa, tão maravilhosa e tão surpreendente que o deixou um tanto atordoado, confuso e absolutamente feliz.

Ele ainda não sabia o que era aquilo, nunca havia experimentado aquela sensação, mas assim que ela se instalou em seu corpo, compreendeu imediatamente o que estava acontecendo: ele estava amando.

O menino que fazia luz estava em tal estado de excitação que não mais dormia, senão poucas horas por noite, mas era um sono agitado e entrecortado por momentos de vigília e, quando conseguia adormecer novamente, era somente para sonhar com ela, seu amor.

Esse estado de êxtase durou cerca de seis meses e deixou, evidentemente, o menino com ótimo humor naquele período.

Nos três primeiros meses de paixão ele fazia uma luz que deixava tudo com as cores de aquarela, como pinturas luminosas e muito claras, porém delicadas e sutis. Como ele sentia o máximo possível de felicidade, seu trabalho tinha o equilíbrio exato entre luz e calor, tanto que as plantas todas perceberam isso e passaram a florescer. Logo a cidade estava cheia de flores como nunca se vira. As folhas estavam viçosas e mais verdes e havia flores de todas as cores. Parecia que o sol estava apaixonado, a luz estava apaixonada, as plantas estavam apaixonadas. Não se sabe se os insetos também ficaram apaixonados, pois ninguém sabe como é o amor entre os bichos, mas o fato é que a cidade se encheu de abelhas e borboletas, que passavam o dia todo flertando com as flores.

A população da cidade ficou maravilhada e parecia que todo mundo estava mais romântico naquele período. Ao perguntarem para o menino que fazia luz o que estava acontecendo e o que era aquilo, ele respondeu que também não sabia ao certo, que era tudo novo para ele, e de qualquer maneira era muito bom e bonito, e só o que ele sabia era que se sentia muito feliz. Imediatamente, a cidade toda começou a chamar aquele acontecimento pelo mesmo nome da menina tão amada pelo artista da luz: Primavera. Certamente era ela a motivação para aquele belo espetáculo.

Primavera e o menino que fazia luz namoraram por alguns meses, talvez seis ou um pouco mais. Foram três meses floridos seguidos de três meses nos quais a luz e o calor passaram a ser mais intensos, e por isso esse novo tempo foi chamado de Verão.

O menino estava exultante de felicidade, pois amava e era correspondido. Descobriu a sintonia dos beijos, o gosto de outra boca, as sensações do tato que nunca pensou que pudessem existir. Em alguns momentos, sentia apenas seu corpo, cada parte e cada célula, como se nada mais houvesse no mundo além dele mesmo. Depois, sentia apenas o corpo da amada, com todos os seus sentidos possíveis e alguns quase impossíveis também.

Nesses dias, um pouco fora do controle da razão, mas tomado por um êxtase que não se pode traduzir em palavras, a luz era a mais ofuscante possível, quase não permitindo que as pessoas saíssem à rua por volta do meio-dia. O calor também esteve insuportável e a terra parecia queimar, dando uma pequena trégua apenas à noite, nas poucas horas em que o menino dormia.

Esse estado latejante de Verão ou de paixão durou mais ou menos três meses, mas os habitantes da cidade não se incomodaram muito. Na verdade, alguns gostaram do calor e outros não, pois como se sabe, é impossível agradar a todos. O fato é que depois desses meses de paixão, a amada se desinteressou pelo menino que fazia luz: ela não o amava mais, mas ele ainda a amava muito.

Difícil é descrever o estado de calamidade que se instalou no coração do menino. Era como se uma voz lhe dissesse: "Seja bem-vindo à vida e a idade adulta". Que coisa triste era amar e não ser amado. Mesmo com os anos se sucedendo era sempre difícil aceitar tal coisa. Primeiro, a vida deu ao menino o maior dos prazeres, a delícia suprema, tirou-o do chão como se já não houvesse gravidade e ele se sentiu o melhor dos mortais. Depois, sem aviso prévio, tirou tudo isso e o obrigou a voltar para o chão, sem ensinar-lhe a cair. A queda machucou, perder um laço de amor doeu e essa dor podia demorar para passar, já que o tempo era o único remédio eficaz que se conhecia e seus efeitos não eram imediatos.

Pois bem, o fato é que o menino estava desolado e confuso. Não compreendia o que estava acontecendo e por esse motivo demorou para aceitar a realidade. No início, ele ainda tentou reagir, tentou procurá-la, mas Primavera desconversava e o tratava com educação, mas não lhe dava esperança clara de que algum dia pudesse ou quisesse voltar a amá-lo. Esse talvez fosse o pior período de seu amor: a transição incerta, o sentimento que definhava e demorava a morrer, a difícil passagem do estado de paixão para a constatação da realidade que não desejava, a dolorosa e sofrida volta para o chão com todos os sentidos morrendo de saudades daquele outro corpo que tanto o estimulou e que provavelmente jamais ele tocaria novamente.

O sofrimento do menino foi ampliado pela sua inexperiência, pois ele realmente acreditou que esse tipo de paixão e amor só poderia acontecer uma vez na vida. Seu desespero foi imenso quando imaginou que havia perdido a única oportunidade de amar em toda a sua vida.

Seu estado de tristeza certamente se refletiu em seu trabalho, pois a luz produzida começou a diminuir pouco a pouco, assim como o calor. As noites começaram a ficar mais longas, os dias mais curtos e as plantas, sentindo a falta da luz e do sol, não mais floresciam. As folhas, antes tão verdes, começaram a amarelar e foram caindo, deixando muitas árvores com seus galhos secos visíveis. As pessoas começaram a se preocupar e acharam que o menino estava doente. Alguém chamou um médico, bem velhinho e experiente, que logo diagnosticou o problema: coração partido. Pena que apesar de toda a experiência, o médico não conhecia nenhum remédio eficaz para combater aquele tipo de dor. Se conhecesse, ele mesmo teria tomado tal remédio durante suas inúmeras desilusões amorosas. Porém, o sábio velho garantiu ao menino que aquilo passaria com o tempo e que cada pessoa pode amar inúmeras vezes na vida. Aquela era sua primeira dor, mas outras se seguiriam, como também inúmeras felicidades estavam esperando por ele, algumas até maiores do que aquela do primeiro amor.

Esses conselhos pareceram não ajudar muito, e o menino foi ficando cada dia mais triste, dormia quase o dia inteiro, pouco comia e perdeu o interesse pela escola e pelos amigos. Quase não conseguia mais fazer luz e os dias tornaram-se escuros, cinzentos e nublados. As noites estavam muito escuras e longas e o calor desapareceu por completo. Fazia frio noite e dia e as pessoas se aqueciam como podiam, acendendo o fogo da lareira, agasalhando-se e saindo de casa o mínimo possível. Isso durou uns três meses e essa ausência de calor e luz foi chamada Inverno.

Depois desse período de tristeza do menino, não se sabe bem como e por que, ele foi aos poucos melhorando e começou a fazer luz novamente. Aqui e ali as flores voltaram a aparecer e a vida continuou seu curso.

É claro que muitas outras tristezas e felicidades se seguiram na vida do homem que fazia luz, mas ele compreendeu que sua missão – fazer a luz – não poderia ser interrompida indefinidamente e apesar de carregar algumas dores e frustrações, seu trabalho e sua vida deveriam continuar.

E o homem que fazia luz se apresentava ora

mais forte, ora mais fraco diante das variadas exigências da vida. Entretanto, jamais sentiu tamanha impotência e solidão como as que experimentou quando se confrontou pela primeira vez com a morte das pessoas que mais amava: seus pais.

O homem que fazia luz não se casou nem teve filhos, não tinha irmãos nem tios, seus pais eram seus únicos parentes. Não se sabe exatamente a causa da morte do casal, mas o certo é que os dois morreram ao mesmo tempo.

Essa também foi uma experiência que o homem que fazia luz demorou a compreender. Talvez seja mais correto dizer que ele compreendeu, mas não aceitou. Ele não se conformava com o fato de alguém poder estar hoje falando com ele e amanhã não estar mais em parte alguma. Que mistério era a própria vida? O que fazia a diferença entre o corpo deitado em um caixão e outro que andava, falava, corria, pensava e sentia?

Ele não podia aceitar aquilo, ver diante de si os corpos de seus pais sem vida. Os corpos estavam lá e ele podia tocá-los e ver com clareza suas feições, mas não havia mais vida. Seus pais não estavam mais em lugar algum que fosse acessível a ele. Nunca mais os veria ou falaria com eles.

Não era como a saudade de alguém que estava longe, mas que ele sabia que estava em algum lugar, chegando a pensar que algum dia poderia reencontrar aquela pessoa, ou pelo menos se comunicar com ela.

Morte era morte, e era uma coisa irreversível. Não havia nada nem ninguém que pudesse mudar aquela lei. Assim era a vida e era assim que ela funcionava.

Entretanto, esse aprendizado foi difícil e doloroso para o homem que fazia luz. Por mais que se preparasse para encarar a morte, a morte de seus entes queridos estava sendo difícil de suportar. Era a dor de perder um amor, não porque o amor acabou ou porque a amada não mais o quis, mas porque acabara o tempo de vida dos amados e não o dele, então teria de prosseguir sem eles até que chegasse ao fim o seu próprio tempo de vida, quando teria de deixar outras pessoas que amava e que deveriam seguir sem ele.

O pior da morte não era a morte em si, mas era o amor perdido. Era a enorme dor de um grande amor irreversivelmente perdido.

A tristeza do homem que fazia luz foi tão grande que ele passou algumas semanas em profundo silêncio, sozinho em seu quarto. Não queria falar com ninguém, comia o mínimo possível e chorava, chorava, chorava... Nesses dias terríveis, ele não quis ou não conseguiu fazer luz, deixando tudo na mais completa escuridão. Tudo o que ele conseguiu fazer foi muita água, que caía do céu com muita força, quem sabe até com raiva, fazendo barulho quando chegava ao chão, às árvores e aos telhados das casas.

Essa situação obrigou todos os habitantes da cidade a permanecer em suas casas quase todo o tempo, numa espécie de reclusão coletiva forçada. Para resolver o problema da falta de luz, criaram as velas e as acenderam, mas isso nem se comparava à luz natural que o homem fazia.

No entanto, como era de esperar, depois de algumas semanas o homem voltou a fazer luz. Começou com uma luz tímida, embaçada por muitas nuvens que ainda havia no céu, mas ao longo de alguns meses a luz não só se tornou mais intensa como adquiriu variedades tão originais que nunca ninguém vira algo sequer parecido.

É que antes das semanas de céu negro e chuvoso nunca houvera nuvens e a luz banhava a terra sem nenhuma interferência. Quando voltou ao seu ofício, o homem percebeu que a luz, ao passar através dos diferentes tipos de nuvens, produzia cores variadas, violeta, laranja, rosa, verde, deixando no céu matizes maravilhosos, que nunca se repetiam e que atingiam o auge da beleza e da profusão de cores durante o pôr do sol.

Ele ficou maravilhado com a nova descoberta e passou a brincar com as cores no céu, criando no horizonte efeitos de tirar o fôlego de qualquer um. As pessoas mais românticas e sensíveis passaram a contemplar o céu durante o pôr do sol, apenas para se sentirem felizes em descrever uma obra de arte sempre inédita e fugaz.

Mas voltemos ao homem que fazia luz. Ele estava morrendo e ninguém além dele sabia fazer luz.

Alguém poderia perguntar se ele era egoísta e guardou o dom só para si ou se ninguém quis aprender a fazer luz, mas a verdade é que nada disso ocorreu. O homem que fazia luz nasceu com esse dom e tentou ensiná-lo a quem desejasse. Chegou até a ter alguns discípulos interessados, mas ninguém teve talento suficiente para fazer luz como ele e todos acabaram desistindo, o que também inibiu os possíveis futuros candidatos. Assim, ninguém mais se interessou em aprender o luminoso ofício, dado que o homem que fazia luz era muito competente e confiável e podia muito bem arcar sozinho com toda a responsabilidade sobre a luz diária. Ninguém se preocupou, pois ninguém pensou que o homem poderia morrer um dia, mas ele era homem e os homens são mortais, mesmo aqueles que fazem luz.

E o dia estava chegando: o dia da sua morte.

A cidade toda estava apavoradíssima com o fato, mais por preocupação com a iminente falta da luz e o caos anunciado do que por saudade antecipada de um amigo que parte. Claro que ele era muito querido e tinha muitos amigos, mas a vida tinha urgências práticas, e nos momentos de crise a maioria dos seres humanos colocava as necessidades de sobrevivência acima da ética e dos laços afetivos. Os românticos poderiam criticar essas atitudes, pois parecem egoístas à primeira vista, mas na realidade não eram. Era a própria vida que brigava pela vida.

A urgência do caso fez com que todos se mobilizassem para encontrar alguém que fosse capaz de aprender a fazer luz o mais rápido possível.

O homem sabia dessa necessidade e, sendo muito altruísta, era o mais preocupado e empenhado em ensinar seu ofício. Ele não tinha medo de morrer, mas sentia uma dor imensa ao imaginar que a luz poderia morrer com ele. Sabia que havia recebido o dom da luz como um presente, mas que não era o dono dela, pois a luz que ele fazia era para todos, era para os outros, era para o mundo. Agora ele estava deixando esse mundo que havia iluminado, mas a luz precisava ficar. Era chegada a hora de passá-la para outra pessoa, mas não havia quem pudesse recebê-la.

Todos os habitantes da cidade tentavam fazer luz, exceto os bebês que ainda não entendiam nada do que estava acontecendo. Todos tentavam: alguns por consciência da necessidade e da gravidade da situação e outros por oportunismo, imaginando que quem obtivesse o dom da luz teria um poder supremo sobre a cidade e sobre todas as outras pessoas.

Chegaram a acreditar que o dom estava ligado à bondade, à pureza espiritual, mas parece que essa ligação não era tão simples assim, pois muitas pessoas reconhecidamente sábias, boas e generosas tentaram fazer luz e não conseguiram.

O dom de fazer luz não tinha explicação racional ou irracional. Não havia como explicá-lo num método passo a passo. Nem o homem que fazia luz sabia como isso acontecia, pois já nascera com essa capacidade. Ele simplesmente ordenava, ou pedia, ou pensava: faça-se a luz. E ela se fazia.

O tempo se esgotava, o desespero de todos aumentava e a luz desaparecia.

Finalmente o homem que fazia luz morreu. E fez-se a escuridão.